LE

RIDEAU LEVÉ.

Imp. de Mme DE LACOMBE, r. d'Enghien, 12.

LE RIDEAU LEVÉ

SUR

LA RESTAURATION

DE 1844 —

LE PRÉTENDANT D'HARTWEL

ET

LE NOUVEAU PRÉTENDANT

DE BELGRAVE-SQUARE.

PAR FRANCIS GIRAULT.

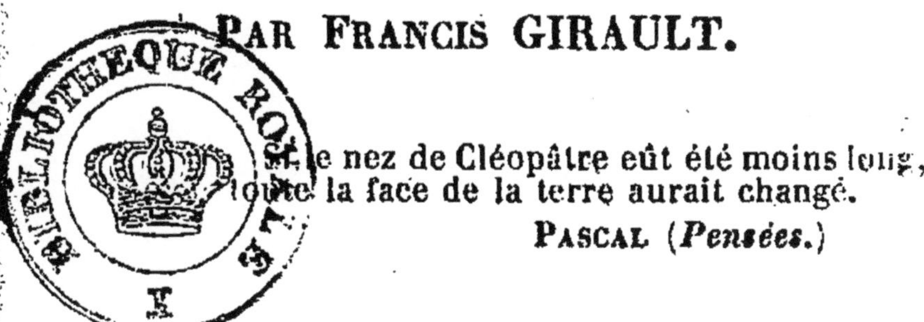

Si le nez de Cléopâtre eût été moins long,
toute la face de la terre aurait changé.

PASCAL (*Pensées.*)

PARIS.

A LA DIRECTION DES *ABUS DE PARIS*,
passage de l'Opéra, galerie de l'Horloge, 16.

—

1844.

UN MOT DE PRÉFACE.

Il y a un mois à peine, la restauration des Bourbons, en 1814, était à l'ordre du jour dans la presse. Celui qui écrit ces lignes se préoccupa vivement de cette question politique, diversement interprétée par les partis, et il est arrivé, en feuilletant les mémoires, les pièces justificatives du temps et les livres depuis publiés, à amener le *fiat lux* dans le chaos ténébreux de contradictions que la Restauration a soulevées.

Il ne s'avance dans ses assertions qu'avec

les notes officielles à la main. Il ne s'est pas contenté d'étudier laborieusement des ouvrages peu connus, il s'est enquis de la vie entière et des actes du héros ignoré de la Restauration de 1814, de M. le colonel marquis de la Grange, aujourd'hui vivant; et quoiqu'il n'ait pas l'honneur de le connaître, ni même de l'avoir vu, il s'est procuré, par l'entremise de personnes honorables, amies du vieux colonel, des manuscrits inédits et authentiques, dans lesquels il a puisé tous les matériaux de son travail.

Ainsi, il est un parti en France qui pourra blâmer la rude franchise de l'auteur de cette brochure, et le point de vue où le placent ses convictions, mais le côté historique des faits qu'il développe reste inattaquable.

A notre époque de corruption effrontée et de trafic des consciences, la vérité non-seulement doit être montrée toute nue, dans un coin, sans ménagement pudibond, mais exposée au grand jour de la publicité, en plein soleil.

Tel est le but qu'il s'est proposé, et qu'il croit avoir atteint.

Paris, ce 25 janvier 1844.

LE RIDEAU LEVÉ

SUR

LA RESTAURATION DE 1814 —

LE PRÉTENDANT D'HARTWEL

ET

LE PRÉTENDANT DE BELGRAVE SQUARE.

La presse ressemble aujourd'hui à un vaste champ de bataille, rempli de bruit et de poussière, dans lequel les partis, arborant des drapeaux divers, s'attaquent et se déchirent avec haine souvent, avec mauvaise foi presque toujours. Le journalisme, aux mains de ses directeurs, tenus en laisse par une armée d'actionnaires qui ont des capitaux à placer, est tombé à l'état d'entreprise commerciale, et il a forcément, pour élémens vitaux, toutes les ruses subtiles de la concurrence, toutes les jalouses rivalités de l'exploitation (1).

Au lieu d'une discussion élevée et sincère des principes sauveurs, des grands principes de la politique et de la nationalité française, au lieu d'une étude approfondie des faits contemporains, pour en extraire d'utiles enseignemens, que voyons-nous généralement, sinon de tristes personnalités, de petites querelles d'intérêt et d'amour-propre blessé, ou bien des abstractions métaphysiques, à perte de vue, sur l'origine des pouvoirs et de la société, doctrines nuageuses, éternellement frappées d'impuissance,

(1) Pour peu qu'un honnête homme, qu'un esprit droit et désintéressé veuille s'édifier sur une importante question politique, qu'il ouvre les grands journaux, et bientôt toutes ses idées seront brouillées dans le pêle-mêle d'une contradiction verbeuse et sans fin : les *conservateurs* paradent dans une affirmation béate, ou démontrent par voie d'injures brutales, tandis que les deux oppositions tranchées, la radicale et la royaliste, gonflent leurs phrases de négations et de tempêtes menaçantes. Il va sans dire que les mille journaux intermédiaires finissent par envelopper la question d'impénétrables ténèbres, en la délayant dans un style pâteux et diffus, en la mutilant, à force d'ignorance et de niaiserie.

parce qu'elles manquent du seul point d'appui solide en politique, de l'expérimentation successive et de la pratique ?

Le journalisme moderne, malgré sa force indestructible, fait fausse route ; il rétrécit et égare les esprits ; il déclame, au lieu d'instruire ; il se pose en rhéteur et non en instituteur des masses (1).

Cependant, il a beau s'agiter et se draper en matamor, les faits qui sont d'airain résistent à sa frêle polémique : chaque jour en apporte la preuve : quelques écrivains sérieux, en fouillant les documens de l'histoire de ce siècle, arrivent en face de tous avec des vérités scintillantes au bout de leur plume, vérités inconnues, parce

(1) Nous sommes convaincus que le vieux journalisme dont nous parlons, touche à son terme très prochain. Déjà, à côté de lui, au-dessus de lui, s'organise le journalisme nouveau, le journalisme fécond de l'avenir, qui s'est placé dans la sphère de la science sociale, et y discute avec calme et logique les intérêts des peuples et des nations. Nous devons cette impulsion à la *Démocratie pacifique*, remarquable journal quotidien, appelé à révolutionner la presse au XIXe siècle, et qui déjà est suivi par quelques journaux ou revues de l'opposition, *le National*, *le Commerce*, *la Réforme*, *la Revue indépendante*, etc., etc.

que nos dominateurs les ont enfouies, vérités pourtant irréfragables, puisqu'elles reposent sur la garantie d'hommes honorables, apparte-nant aux hautes classes de la société, et qui, à la fois agens et témoins oculaires, peuvent dire avec autant d'autorité que le héros de l'*Eneïde* :

. . . . Quæque ipse miserrima vidi,
Et quorum pars magna fui. . . . (1)

Les événemens de 1814, à Paris, sont du nombre de ceux dont la France entière ignore encore aujourd'hui les véritables moteurs, et le journalisme ayant débattu tout dernièrement cette grande thèse avec le cortége obligé de contradictions et de dénégations qui constituent son existence, nous croyons venir à propos, pièces justificatives à la main, pour juger sa querelle en dernier ressort, et faire étinceler une vive lumière là où règnent le doute et l'incer-titude (2).

(1) L'histoire de nos cinquante années de guerres civiles et étrangères est à peine ébauchée, malgré la pyramide de volumes qu'elle a élevée : les géans énergiques de la Convention commencent à peine à être compris, parce que le parti du pouvoir et celui du royalisme ont le droit de les calomnier... La vie privée de Louis XVIII, de Charles X et de leurs courtisans, est à écrire.....

(2) Nous savons comment se font les rois, mais

Il faut le répéter, la *Gazette de France*, cette feuille plus habile que logicienne, et qui remue inutilement les cendres du passé au profit d'un avenir qu'elle n'adoptera pas, quoiqu'elle proclame, à son de trompe, les droits de la nation, contre les talons rouges de l'ancien régime, partisans exclusifs des droits de la royauté, la *Gazette* est dans le vrai quand elle soutient que l'œuvre de la restauration de 1814 n'est point due intentionnellement à l'intervention des souverains étrangers, qui se préoccupaient fort médiocrement de la race proscrite de Louis XVI. L'occupation militaire de la France avait pour but final de démembrer ce grand empire qui naguère les avait fait pâlir sur leurs

il est bon de savoir comment ils se restaurent. Il est bon d'apprendre comment, au jour donné, la scène politique, nonobstant les prévisions et les profondes combinaisons des chancelleries et des pouvoirs dirigeans, se transforme tout-à-coup en scène de comédie, et comment un seul acteur intrépide et jailli du sol, par un coup de dé heureux, change les situations et la tournure des choses, en imposant mensongèrement à un fait brutal audacieusement accompli, la sanction des idées, et forçant l'adhésion d'une nation grande et libre, mystifiée dans ses vœux et son travail de progrès. En face du noble prétendant de Belgrave-Square, ceci sera une leçon que la vraie France ne doit pas oublier.

trônes, mais alors humilié, épuisé d'hommes et d'argent, et comme enchaîné à leurs pieds.

Non, malgré une certaine phrase sacramentelle, le sceptre de Louis XVIII n'est point sorti des fourgons des armées coalisées, et ce que la *Gazette de France* s'est bien gardée de formuler avec netteté, quoiqu'elle en fût instruite, la restauration de 1814 ne s'est point opérée au nom de la France !

Fatiguée de vingt-cinq ans d'événemens inouis et désastreux, la France sommeillait, en attendant les résultats d'une invasion qui l'avait terrifiée. (*Pièces justif.*, n° Iᵉʳ). Qui donc, dans de telles circonstances, lorsque Paris était dans l'attente et la stupeur, lorsque les rois alliés ne songeaient nullement au rétablissement des Bourbons, quelle influence merveilleuse et occulte surgit tout-à-coup, et fut assez forte pour changer l'indifférence de la capitale en cris d'enthousiasme, et la mauvaise volonté des rois en protection active et hautement manifestée à l'endroit de Louis XVIII et de sa famille bannie ? qui a pu faire écrire au duc de Rovigo, si dévoué à Bonaparte, les lignes suivantes de ses *Mémoires* (tome VII, p. 35) ?

« Aucun symptôme, aucun adminicule d'intérêt ou de souvenir d'intérêt en faveur des Bourbons n'ayant eu lieu nulle part dans l'intérieur ni à Paris, mon étonnement fut extrême lorsque je vis, dès le lendemain du 31 mars, proclamer par tous les journaux cette antique dynastie, et les murailles de la capitale tapissées d'actes et de proclamations au nom de S. M. Louis XVIII. Agissait-on ainsi par ordre de l'empereur Alexandre, qui aurait voulu tâter l'opinion, et M. de Talleyrand ne faisait-il que céder à la volonté de ce prince? Tout était problème pour moi, car je pouvais bien croire que M. de Talleyrand deviendrait le chef d'un parti contre Napoléon, mais jamais contre la dynastie qui était la conséquence de la révolution, à laquelle il avait eu tant de part. »

Il est temps de déchirer tous les voiles et d'élucider cette grave question de la restauration de 1814, dont les agens principaux jusqu'ici sont trop restés dans l'ombre. Cette révélation sera une preuve de plus de l'inanité des projets les mieux arrêtés; elle mettra en relief la force des causes inconnues, impossibles à prévoir; elle démontrera, jusqu'à l'évidence, qu'au besoin, et à l'heure fixe, l'audace d'un seul homme, l'épée d'un soldat perdu dans les rangs, détermine le triomphe d'un royaume qui croule, ou attarde, pour bien des années, l'essor d'une puissante nation défendant ses libertés.

L'histoire est pleine de ces avertissemens.

Si l'œuvre de la restauration de 1814 n'a point été assez sondée dans ses origines, si ce grave événement de notre politique a tant de contradicteurs, ceci vient de la modestie d'un officier supérieur qui vit encore au moment où nous traçons ces lignes, et dont le royalisme à toute épreuve et l'héroïque dévouement ont véritablement replacé les Bourbons sur le trône.

M. le colonel marquis de la Grange (c'est cet homme) a fait presque seul la Restauration à Paris, en exposant généreusement plusieurs fois sa vie dans le court espace de quarante-huit heures, du 31 mars au 2 avril. M. de la Grange a constamment refusé, nous assure-t-on, de livrer à la publicité les documens de ce grand événement politique, amené par lui avec l'aide de quelques partisans obscurs ; de sorte que les initiales de son nom, d'après ses sollicitations pressantes, n'ont pas même figuré dans les faits de la Restauration, lorsque M. Esquiron de Saint-Agnan, ancien magistrat et procureur-général, mêlé aux affaires politiques du temps, écrivant en 1838 l'histoire des événemens de 1814, contraignit la réserve du colonel, et heureux de rendre un hommage public au courage de M. de la Grange, le nomma en toutes lettres dans son ouvrage, en ajoutant, malgré des opinions politiques opposées, que le nom de cet homme extraordinaire (ce sont ses propres expressions) se recommande aux respects de tous les gens de cœur. *Annales de la Restauration,* page 38, tome Ier.

A la prière du colonel, son ami, M. Morin, auteur d'un ouvrage sur la Restauration, dont nous donnons des extraits aux pièces justificatives de notre brochure, s'était abstenu également de le nommer.

Dans un livre dont les renseignemens sont puisés à des sources authentiques, et intitulé, *Indiscrétions,* ou *Souvenirs anecdotiques et politiques;* par un fonctionnaire de l'Empire (M. Descloseaux), 2 vol. in-8°; chez Dufey, éditeur, nous trouvons, pour la première fois, les initiales de M. de la Grange, ainsi que le récit détaillé de son rôle actif en 1814.

Voici la narration, tellement révélatrice et curieuse de M. Descloseaux, qu'on l'a dite, dans le temps, arrachée au portefeuille de M. Réal, son oncle, chef de la police.

Le mouvement royaliste de 1814, en ce qui touche Paris, fut un coup dans le genre de celui de Malet. Voilà ce que je puis dire et prouver. Vers le mois de décembre 1813, un M. de Semallé (1), ancien page de Louis XVI, avait

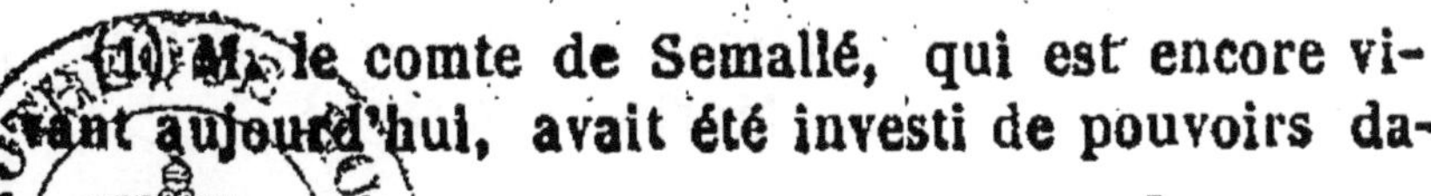

(1) M. le comte de Semallé, qui est encore vivant aujourd'hui, avait été investi de pouvoirs da-

été envoyé par ce prince à Paris, et chargé de nouer des relations avec d'anciens partisans des Bourbons. M. de Semallé s'adressa d'abord aux sommités du parti; il fut éconduit; il descendit l'échelle pour arriver aux hommes qui, n'ayant rien à perdre, avaient tout à gagner. Ceux-ci lui prêtèrent l'oreille, et un comité royaliste bien timide, bien effrayé, s'organisa dans Paris. On convint de se réunir chez un des membres du comité, M. Lemercier, rue de l'Echiquier, n. 36. Ce M. Lemercier avait été banquier, puis, n'ayant pas réussi, il s'était fait homme de lettres. M. de Semallé avait eu le rare bonheur de ne s'adresser à aucun agent, à aucun *ami* de la police. Les réunions du comité furent tenues secrètes; le duc de Rovigo n'en eut aucun pressentiment; il ignorait tout

tés de Vesoul, le 5 mars, par MONSIEUR, lieutenant-général du royaume, et nommé commissaire royal à l'effet d'en appeler aux sentimens de la capitale, et de la faire déclarer, en présence des souverains alliés, en faveur de son auguste dynastie. M. de Semallé était arrivé à Paris le 19 du même mois, et devint comme l'âme et le point central de cette conspiration hasardeuse, dont M. de la Grange fut le bras.

(Révélation de faits importans, par M. Morin. *Passim.)*

jusqu'au 31 mars. Nous venons de le prouver par un passage de ses Mémoires.

Parmi les recrues de M. de Semallé se trouvait un homme d'une grande énergie, M. de L**, capitaine, puis chef d'escadron pendant l'émigration ; il était devenu colonel dans la Vendée, et fut le dernier des chefs vendéens qui consentit à traiter avec le premier consul (1) ; encore n'agit-il ainsi qu'après avoir été dangereusement blessé et fait prisonnier. Cet homme (*je ne puis le nommer, il vit encore*) m'a dit souvent qu'il aurait volontiers (2) servi la répu-

(1) Par l'entremise des généraux Champeaux et Gardanne. (*Pièces justific.*, n° II.)

(2) M. de la Grange avait refusé à diverses reprises, sous le gouvernement de Bonaparte, d'accepter aucune place, soit civile, soit militaire. Lucien Bonaparte, Duroc, premier aide-de-camp de Bonaparte, Joséphine, femme du premier consul, puis impératrice, Eugène Beauharnais, Mme la duchesse d'Aremberg, et d'autres personnages alors importans, firent auprès de lui, à cet effet, des tentatives infructueuses. Lorsque le prince de la Tour d'Auvergne leva un régiment, on sollicita M. de la Grange de prendre du service ; il repoussa les offres les plus séduisantes. Il fit de même à l'égard du prince de Tarente.

blique, mais qu'il jura une haine à mort à Bonaparte le jour où il lui vit ceindre la couronne impériale; cet homme, envers lequel la Restauration fut si ingrate, a été la cheville ouvrière, le seul homme d'action de la conspiration royaliste de 1814 (1). C'est à lui que je dois la révélation de tous les faits que je vais raconter : à l'appui de son récit, il m'a montré les témoignages les plus authentiques (2), tels que des

(1) Le colonel de la Grange émigra en 1791 et fit partie du cantonnement d'Ath; il fut chargé de l'instruction des deux premières compagnies de chasseurs, qui se formèrent au faubourg de Mons sous le commandement de M. d'Ormesson. Il fit la campagne de 1792 en qualité d'adjudant-major, à l'avant-garde de l'armée de Mgr le duc de Bourbon, attaché à la légion de Bruilpont.

Au licenciement de cette armée, il passa au service d'Angleterre, dans le régiment de Hompèche. Il y resta jusqu'au moment où ce régiment s'embarqua pour les Indes occidentales. Son dévouement et son zèle éclairé l'avaient fait parvenir vite du grade de simple volontaire à celui de chef d'escadron. Le motif de sa retraite fut qu'il refusa de prêter serment de fidélité au roi de la Grande-Bretagne, malgré les plus brillantes espérances d'avancement. Il préféra rentrer en France pour servir le Roi.

(2) (*Pièces justificatives*, n° III.)

certificats de maires de Paris, attestant, *pour servir ce que de raison*, que dans la matinée du 31 mars, M. de L** est venu, le pistolet au poing, les forcer de recevoir et d'attacher à leur chapeau la cocarde blanche.

« Le comité royaliste se réunissait souvent, mais il ne faisait pas grande besogne; il lui fallait, pour agir, une victoire importante des armées coalisées; en attendant, il entassait dans des cachettes des monceaux de cocardes blanches; il préparait des proclamations; des intelligences avaient été établies avec les quartiers-généraux des empereurs de Russie et d'Autriche et du roi de Prusse; on cherchait à faire expliquer ces princes sur leurs vues ultérieures, mais on n'obtenait d'eux que des réponses évasives; la victoire, en définitive, ne leur paraissait rien moins qu'assurée, et ils auraient préféré, sans aucun doute, un traité avantageux aux chances d'une lutte prolongée avec un adversaire qu'ils savaient si fécond en ressources, si habile à tirer parti des moindres accidens.

» Mais le destin avait prononcé : la couronne impériale devait tomber de la tête du grand homme; en vain, dans cette malheureuse campagne, il fit tout ce que le génie peut enfanter de miracles; en vain il usa dans des combats de toutes les minutes, les ressources sans nombre de son activité dévorante : son heure était arrivée ; l'ennemi menaçait la capitale, laissée sans défense. Une capitulation venait d'être acceptée, et le lendemain une avant-garde prussienne devait faire son entrée dans Paris.

» Le comité royaliste s'était déclaré en permanence ; il se disposait à profiter des événemens, et cependant aucune nouvelle favorable ne lui était venue des quartiers-généraux ennemis. L'empereur de Russie, l'empereur d'Autriche et le roi de Prusse n'avaient pas encore fait leur fameuse déclaration de ne plus vouloir traiter avec Napoléon ; le nom de Louis XVIII, murmuré à leurs oreilles, n'avait pas obtenu le moindre accueil ; on n'avait pas encore osé concevoir la pensée d'imposer à l'empereur d'Autriche le sacrifice d'une couronne possédée par sa fille et promise à son petit-fils. Les autorités impériales occupaient encore les places qui leur avaient été confiées par l'Empereur ; rien n'était fait encore, et l'idée raisonnable, en admettant l'abdication annoncée de Napoléon, était l'avènement au trône du fils de l'Empereur, avec la régence donnée à l'impératrice Marie-Louise, sous la protection de l'empereur d'Autriche. On parlait bien aussi, mais vaguement, de Bernadotte, qui réclamait le prix des éminens services rendus par lui à la coalition ; mais les chances les plus réelles étaient en faveur de Napoléon II. Une seule chose pouvait empêcher qu'il en fût ainsi, c'était une démonstration nationale, la proclamation d'un vœu que les vainqueurs seraient tenus de respecter.

» Un conseil dans ce sens avait été donné au comité royaliste par un Français, général au service de la Russie, le comte de Langeron.

» Or, l'opinion émise par soixante-six personnes, presque toutes complètement ignorées, ne pouvait pas produire l'effet d'une démonstration nationale; (1) il fallait donc tromper les princes étrangers, entraîner une partie de la population en la trompant aussi, compromettre des hommes, et cela, en présence des autorités impériales et de la garde nationale de Paris. Malet n'avait pas rêvé autre chose; et, on va le voir, les moyens mis en usage furent à peu près ceux sur lesquels le conspirateur de 1812 avait compté.

» Une réunion du comité royaliste (2) avait été

(1) Trois mois avant l'entrée des alliés, la police de Bonaparte, devenue plus inquiète en raison des événemens, s'acharnait à la poursuite de ceux qu'elle savait attachés aux Bourbons. Le colonel de la Grange ne lui échappa qu'en sautant de sa fenêtre dans la rue, à l'aide de ses draps noués ensemble.

(2) Parmi les membres les plus assidus du comité

indiquée pour le 20 mars au soir ; les choses étaient assez avancées pour que tous les membres pussent, sans danger, être exacts au rendez-vous.

» On discuta d'abord et on adopta la rédaction de la proclamation aux habitans de Paris, faite par M. Morin (1). Le manuscrit fut porté immédiatement chez M. Michaud, frère de l'ancien rédacteur en chef de la *Quotidienne*, imprimeur, rue des Bons-Enfans. M. Michaud consentit à prêter ses presses. C'est pour ce service qu'il figure dans la liste des soixante-six, et qu'il a été nommé, plus tard, imprimeur du roi. Mais l'officier qui commandait le poste de la garde nationale à la porte de derrière de la Banque de France, ayant aperçu dans la maison où était l'imprimerie de M. Michaud un mouvement extraordinaire et à une heure inusitée,

royaliste de la rue de l'Échiquier, il faut placer en première ligne MM. de la Grange, de Mersan, Morin, Olbeck, Falconnet, Poisson, etc., etc.

(1) Cette proclamation bien connue, et que, par là même, nous ne reproduisons pas ici, se trouve page 340 de l'ouvrage de M. Morin, dont nous avons déjà parlé. Dans la nuit du 30 au 31 mars, on députa M. Douet à M. le comte de Langeron, pour lui demander des instructions : ce général approuva et encouragea les mesures que les royalistes prenaient.

s'en inquiéta, et annonça l'intention de faire une visite des ateliers ; aussitôt tout le bruit cessa, et ce ne fut qu'avec beaucoup de précaution qu'on parvint à enlever de l'imprimerie le petit nombre d'exemplaires déjà tirés.

» Revenons à la rue de l'Échiquier, n° 36. La question à l'ordre du jour était celle de savoir comment on parviendrait à opérer ou plutôt à simuler un mouvement royaliste à Paris. Le comité royaliste ne savait à quoi s'arrêter : il redoutait la police, et surtout la garde nationale. C'est alors que M. de L**, sans vouloir faire connaître son plan, annonça l'intention de tenter seul, le lendemain matin, ce que les membres du comité ne pourraient peut-être pas essayer tous ensemble sans danger ; le seul service qu'il réclamait de ses co-conspirateurs, c'était de se munir de proclamations et de cocardés, et de se trouver sur des points indiqués, attendant, pour agir, qu'il leur donnât en personne le signal. La proposition fut acceptée ; on n'avait pas l'embarras du choix !

» M. de L** avait été quelque peu compromis lors de la conspiration de Malet, en 1812 ; en butte alors aux poursuites de la police, il avait eu l'occasion de battre deux agens chargés de l'arrêter. Traduit pour ce fait devant le tribunal correctionnel, il avait été condamné à un mois d'emprisonnement. Signalé comme un

lïomme remuant, il avait tous les jours à redou-
ter une nouvelle arrestation, et se cachait soi-
gneusement (1).

» Je suis connu à la police, avait-il dit au
comité, ce n'est pas de ce côté que j'agirai;
je choisirai un point où ma figure soit ignorée.

» M. de L** passa la nuit du 30 au 31 mars chez
un membre du le comité, nommé Morin, avec
un ancien capitaine de la garde des consuls (2),

(1) Il avait été précédemment arrêté dans l'af-
faire de George Cadoudal et de Pichegru; son dévouement à l'épreuve pour les Bourbons avait seul
motivé cette arrestation, qui dura peu, grâce à l'a-
mitié que lui avaient vouée MM. Meunier et Frois-
sard, dont l'influence au ministère de la police
était puissante. Sans cesse traqué par la police,
malgré sa mise en liberté, il se vit obligé de se ca-
cher et d'aller demander un asile à M. de la Ga-
renne, près Melun ; plus tard, à M. de Brosse, à
Ruemont, près Fontainebleau. Dénoncé par une
femme, Mme Galabert, il revint à Paris, où on l'arrêta de nouveau, après une vive résistance opposée aux agens de la force publique, résistance qui
lui valut deux mois de prison, pendant lesquels on
ourdit contre lui une infâme calomnie tendant à attaquer son honneur. Ses calomniateurs furent officiellement déjoués.

(Pièces justif., n° IV.)

(2) M. Olbeck.

et c'est avec ces deux personnes qu'il mûrit son projet.

» Le 31 mars, à la pointe du jour, M. de L** s'étant armé de deux paires de pistolets, se rendit, suivi de M. Morin et de l'officier de la garde des consuls, à l'hôtel-de-ville. Il passa sans obstacle devant le poste de la garde nationale, et pénétra, sans répondre à aucune des questions qui lui étaient adressées par les gens de service, jusqu'au cabinet du préfet. M. de Chabrol s'était rendu chez M. le comte de Montalivet, ministre de l'intérieur, pour assister à une réunion des maires de Paris.

— Où est le préfet? dit en entrant M. de L** à un jeune secrétaire qu'il vit dans le cabinet.

— Monsieur, il est absent; il est chez M. le ministre de l'intérieur.

— Qui le remplace ici?

— C'est M. le secrétaire-général.

— Allez le chercher; j'ai à lui parler.

» Un instant après arrive M. de Walkenaer, secrétaire-général, qui ne put contenir un mouvement de frayeur en se voyant en présence d'un homme à figure rébarbative, et dont l'habit entr'ouvert laissait apercevoir les pommeaux de deux pistolets.

— Vous êtes le secrétaire-général?

— Oui, Monsieur.

— Comment se fait-il qu'un préfet s'absente dans des circonstances aussi critiques ? M. de Chabrol n'est plus préfet de la Seine : voici le nouveau préfet.

— Mais, Monsieur...

— Voici le nouveau préfet, reprit M. de L**, en montrant M. Morin ; si vous n'êtes pas disposé à lui obéir, à servir sous lui, vous pouvez vous retirer ; je vais pourvoir à votre remplacement.

— Mais, Monsieur, je ne refuse pas.

— A la bonne heure, Monsieur. Les souverains alliés ont reconnu S. M. Louis XVIII, roi de France ; ce prince sera proclamé aujourd'hui. Voici la proclamation publiée en son nom ; voici des cocardes blanches ; faites-les prendre sur-le-champ à tous les employés sous vos ordres, et renvoyez immédiatement ceux qui refuseraient de les porter. Allez, j'ai à conférer avec M. le préfet.

» M. de Walkenaer s'étant retiré, M. de L** recommanda à M. Morin le sang-froid et la fermeté, et sortit pour aller étudier au dehors la situation des choses. Le premier acte de M. Morin fut d'expédier à l'imprimerie de la préfecture la proclamation dont il avait deux ou trois exemplaires, en ordonnant de la réimprimer et de l'afficher dans tous les quartiers de Paris.

M. de L**, en arrivant sur le perron de l'hô-tel-de-ville, aperçut sur le quai un détachement de troupes étrangères, en tête duquel se trouvait un général. C'était le général baron Plotho, chef d'état-major du roi de Prusse ; il était accompagné de M. le comte de Go'tz, que M. de L** avait connu, à Munster, aide-de-camp de Blücher, lorsque le général y commandait la ligne de démarcation. M. de L** s'avance à la rencontre du détachement.

— Où allez-vous, général ? que demandez-vous ?

— Je cherche le magistrat, le préfet.

— C'est moi, général. Que voulez-vous ?

— Je viens m'entendre avec vous pour le passage des troupes et les logemens des empereurs de Russie et d'Autriche, du roi de Prusse et des princes de leur suite.

— Ayez la bonté de me suivre.

» Le baron de Plotho mit pied à terre, donna la bride de son cheval à un maréchal-des-logis, et, escorté de deux aides-de-camp, suit M. de L**, qui l'introduit dans le grand salon de l'hôtel-de-ville.

—M. le secrétaire-général ! dit-il en entrant. On s'empresse d'aller avertir M. de Walkenaer, qui se présente presque aussitôt.

— Voici M. le général qui vient s'entendre avec vous pour le passage des troupes et le logement des souverains. Il faut sur - le - champ prendre toutes les mesures convenables. Qui cela regarde-t-il ?

— M. Monnet, chef de division.

— Faites-le appeler.

» M. Monnet arrive, et M. de L**, après quelques mots échangés avec le général, annonce que l'empereur de Russie désire habiter les Champs-Elysées, l'empereur d'Autriche, les boulevarts, et le roi de Prusse, le faubourg St-Germain. M. Monnet explique que la désignation des logemens concerne les municipalités. Il se disposait à ajouter quelques mots, lorsque M. de L**, qui sentait tout le prix du temps, l'interrompit brusquement.

— Venez avec nous, Monsieur.

» En descendant, M. de L** vit dans la cour une voiture attelée ; c'était celle de M. de Chabrol, que M. de Walkenaer lui envoyait en toute hâte.

» Sur un signe de M. de L**, le cocher vint se ranger au bas du perron ; un domestique ouvre la portière ; M. de L** fait monter le général, se place à côté de lui, et indique le devant de la voiture à M. Monnet, en l'invitant à s'y asseoir. Le cocher reçoit l'ordre de conduire rue de l'Echiquier, n° 36 ; il se met en marche, suivi du détachement de troupes étrangères. »

» Les membres du comité royaliste étaient dans la plus vive anxiété.

— Mes amis, dit M. de L** en entrant, j'ai réussi : la garde nationale est paralysée; Morin est à l'hôtel-de-ville, où je l'ai établi préfet; j'ai avec moi, dans une voiture dont je ne connais pas le propriétaire, un général prussien. Il me croit une autorité supérieure; j'en aurai tiré tout le parti qui me convient avant qu'il soit désabusé.

— Bravo ! bravo !

» Un membre du comité offre à M. de L** de l'accompagner.

— Prenez un panier de cocardes blanches, des proclamations, et venez.

» M. de L** remonte en voiture, et désigne au général le membre du comité comme un de ses agens (1); on se remet en route pour le faubourg Saint-Honoré, où est encore aujourd'hui la mairie du 1er arrondissement.

» En passant sur le boulevart, près de la Madeleine, M. de L** aperçoit un rassemblement; il fait arrêter, et adresse aux curieux qui entourent la voiture une chaleureuse allocution; il leur annonce que les puissances alliées ont re-

(1) M. de Mersan.

connu Louis XVIII, et les invite à crier avec lui : *Vive le roi!* Il paraît invoquer le témoignage du général Plotho qui, comprenant mal le français, répond par un geste affirmatif. Des cris de : *Vive le roi!* se font entendre; il distribue quelques proclamations, jette à poignées les cocardes blanches, puis il fait fermer la portière, et la voiture repart (1).

» Arrivé à la mairie, M. de L**, avant de s'occuper de la mission du général, proclame la reconnaissance de Louis XVIII, et oblige les employés à prendre la cocarde blanche.

»L'Elysée-Bourbon ayant paru le logement le plus convenable pour l'empereur de Russie, M. de L** prescrit de faire préparer aussitôt les appartemens, et toujours traînant après lui son

(1) Arrivé à la place Louis XV, le colonel de la Grange vit un rassemblement considérable, indécis sur les événemens qui allaient se passer; mais à l'aspect de la cocarde blanche, et aux cris répétés de : *Vive le roi!* qui partaient de la voiture, M. le chevalier de Montmorency et M. d'Hautfort, que le colonel aperçut à la tête de la foule, s'élancèrent vers la voiture, en criant : *Vive le roi!* Ils entraînèrent et électrisèrent de la sorte ce rassemblement qui, un instant auparavant, gardait le plus morne silence.

général prussien, il se fait conduire à la mairie du 10ᵉ arrondissement, faubourg Saint-Germain. Mais ici un singulier obstacle se présente : à l'instant où, s'adressant aux curieux attirés par l'étrangeté de son escorte, M. de L** les provoquait à crier avec lui : *Vive le roi ! vive Louis XVIII !* une femme s'approche très près de lui, et répond avec énergie :

— *Non ! je ne crierai pas, moi !*

» M. de L** resta étourdi. « Si c'eût été un »homme, m'a-t-il dit, je l'aurais tué ! » Mais l'effet désiré était produit ; le cri avait été répété par la grande majorité des assistans, et les cocardes blanches étaient acceptées.

» En montant l'escalier de la mairie du 10ᵉ arrondissement, M. de L** rencontra le gendre du maire, M. Piault, qui sortait en habit de garde national, et qu'il connaissait depuis long-temps.

— Où allez-vous avec cet habit, Monsieur ? Vous voulez donc faire piller Paris ? Ignorez-vous que Louis XVIII a été reconnu par les souverains alliés ?

— Mais, mon cher M. de L**, je n'en savais rien.

— En ce cas, Monsieur, vous êtes le seul dans Paris. Prenez du moins cette cocarde;

elle vous garantira de tout danger personnel.

» La cocarde fut acceptée, mais M. de L**
vit, par la fenêtre, qu'elle avait été presque
soudain jetée dans la rue.

» M. le maire était dans son cabinet, lorsque
M. de L**, qui avait laissé le général Plotho
dans le salon, y entra.

— Eh bien! M. le maire, Louis XVIII est
reconnu!

— Vraiment ! M. de L**, et d'où le savez-
vous?

— Il y a dans le salon un général prussien
qui va vous l'apprendre. Allons, M. le maire,
il faut vous prononcer ; vous devez donner
l'exemple.

— Mais je ne sais si je puis.

— Prononcez-vous, ou bien je vais être
obligé de vous remplacer.

— Je n'ai jamais été opposé aux Bourbons ;
je suis bien aise qu'ils reviennent. J'étais maréchal-des-logis sous Louis XVI.

— Tant mieux, tant mieux, vous aurez de
l'avancement ; mais annoncez la reconnaissance
des Bourbons à vos employés ; faites-leur prendre la cocarde blanche, et publiez la proclamation dont je vais vous remettre un exemplaire.

— Allons, je veux bien, je veux bien.

— Occupons-nous tout d'abord du logement de S. M. le roi de Prusse, qui a choisi votre quartier.

» La même scène se reproduisit dans plusieurs mairies de Paris, et le général Plotho suivait toujours M. de L** avec une éternelle affirmation, formulée par un signe de tête !

» Ainsi donc, le nom de Louis XVIII avait été prononcé dans Paris, la cocarde blanche portée, une proclamation royaliste affichée, et tout cela était l'œuvre d'un comité de soixante-six personnes, ou plutôt d'un seul homme !

» Nous avons laissé à l'hôtel-de-ville M. Morin, préfet de la création de M. de L**, et l'ancien capitaine de la garde des consuls. Pendant son excursion avec le général Plotho, M. de L** n'avait pu leur donner de ses nouvelles; il les avait abandonnés à eux-mêmes, ayant foi dans leur courage et leur fermeté. Se voyant sans nouvelles et n'entendant aucune acclamation au dehors, M. Morin ne tarda pas à concevoir des craintes sérieuses; il se voyait, en cas de non-succès, dans la même situation que le général Lahorie, au moment où le duc de Rovigo, délivré de sa prison, revint à l'hôtel de la police, pour faire arrêter son successeur improvisé.

» L'inaction, en pareille occurence, est-ce qu'on peut imaginer de plus funeste; et M. Morin, dans l'ignorance où il était de ce qui se passait ailleurs, se voyait condamné à attendre, sans agir. D'un moment à l'autre M. de Chabrol pouvait rentrer, et par son retour précipiter le dénouement de la comédie dont l'intrigue tardait trop à se débrouiller. M. Morin avait fait demander le secrétaire-général, mais M. de Walkenaer, revenu de sa première stupeur, s'était empressé de courir au ministère de l'intérieur, pour rendre compte au ministre et à M. de Chabrol de ce qui venait de se passer.

» Après avoir patienté pendant une heure et demie, M. Morin prit enfin un parti, ce fut de s'esquiver sans bruit avec l'ancien officier de la garde des consuls; il sortit de l'hôtel-de-ville, gagna les quais pour de là se rendre aux Tuileries et épier les événemens. Sur la place de Grève, ils rencontrèrent un membre du comité royaliste, en quête aussi de nouvelles; il se nommait Berryer, et n'est pas parent du député de ce nom. Il se joignit à eux, et tous trois, la cocarde blanche en tête, se mirent en marche. Déjà ils étaient arrivés sans encombre à la hauteur du Louvre, lorsqu'ils furent aperçus par une patrouille de la garde nationale, que commandait un officier nommé Lelièvre, qui les arrêta, leur arracha leurs cocardes blanches, les foula aux pieds, et se mit en devoir de les conduire au poste. Dans le désordre de l'arrestation, M. Berryer parvint à s'échapper, et se mit à courir tout Paris, à la recherche de M. de L**, pour lui faire part de la mésaventure de son préfet et de l'acolyte qu'il lui avait donné.

» La patrouille ayant arrêté M. Morin appartenait au poste de la mairie du 3me arrondissement, place des Petits-Pères. C'est là que furent conduits les prisonniers. Avant d'être enfermé *au violon*, M. Morin trouva moyen de lier conversation avec le chef du poste; il lui annonça comme une chose très positive la reconnaissance de Louis XVIII par les souverains coalisés, et la prochaine entrée à Paris d'un prince de la famille des Bourbons. Le chef du poste craignit d'avoir été trop loin, et voulant s'assurer un protecteur, il promit à M. Morin de le faire évader aussitôt qu'il pourrait se débarrasser de la surveillance des hommes qu'il commandait. En effet, un peu plus tard, il déplaça une sentinelle qui le gênait, et fit sortir M. Morin et son compagnon de captivité par une fenêtre de la prison, ayant vue sur la place.

» Cependant M. Berryer avait rejoint M. de L** à la mairie du 10me arrondissement, et lui avait appris en peu de mots l'arrestation de M. Morin. M. de L** s'adresse aussitôt au général Plotho.

— Général, j'apprends à l'instant que l'agent laissé par moi à l'hôtel-de-ville pour me remplacer, a été arrêté par une bande de factieux. Bonaparte est encore à Fontainebleau, la garde nationale de Paris est nombreuse, et nous aurions tout à craindre, si nous ne prenions de vigoureuses mesures dans l'intérêt des Bourbons et du repos public. Veuillez, je vous prie, signer l'ordre de mettre en liberté M. Morin, préfet de la Seine, et de le replacer à la tête de son administration.

» Le général Plotho signa sans hésiter. On lui eût fait signer l'ordre de mettre le feu aux quatre coins de Paris sans plus de difficulté (1) !

» Ainsi, le premier coup était porté. Un grand pas était fait. Le succès de cette journée (il consistait à n'avoir pas succombé) devait amener au comité royaliste de puissans auxiliaires. Le danger était passé ; les armées étrangères entraient dans Paris. On vit donc accourir de tous côtés ces chefs du parti qui avaient dédaigneusement repoussé les ouvertures de M. de Semallé : hommes du lendemain, ils venaient lâchement recueillir les fruits de la victoire ! Les cris de *vive Louis XVIII !* peu nombreux le 31 mars, se firent entendre plus fré-

(1) *Pièces justificat.*, n° V.

quens le 1ᵉʳ avril, au moment où la garde impériale russe défilait sur le boulevart.

» Et cependant les princes coalisés ne se prononçaient pas ; après avoir déclaré qu'ils ne traiteraient plus avec Napoléon, ils attendaient : l'empereur de Russie avait manifesté l'intention de respecter la constitution que se donnerait la France.

» Après le premier succès du comité royaliste de la rue de l'Échiquier, un second comité s'était formé chez Mᵐᵉ de Morfontaine, la fille de Lepelletier-Saint-Fargeau ; c'était un comité royaliste aristocratique. Tout était à peu près terminé lorsqu'on s'y mit à discuter qui l'on devait appeler au trône. M. le comte Ferrand parla en faveur des Bourbons, et proposa de s'adresser au sénat : *Non ! non ! pas de sénat !* cria-t-on de toutes parts, et il fut convenu qu'une députation serait envoyée à l'empereur de Russie. Cette députation, composée de MM. le comte Ferrand, le duc de la Rochefoucault-Doudeauville, Châteaubriand, de la Ferté-Méun et de Semallé, ne fut pas admise auprès de l'empereur Alexandre. M. de Nesselrode vint la recevoir, et témoigna des bonnes intentions de l'empereur.

» Déjà l'on comprenait la puissance de la presse. Cinq journaux seulement existaient à Paris : il n'en fallait pas davantage pour imprimer à l'opinion publique une direction capable de renverser tous les plans des comités royalistes ; mais M. de L** veillait. Présenté par son nouvel ami, le général Plotho, il avait été parfaitement accueilli du général Sacken, gouverneur de Paris. — Le général Plotho fit entendre que M. de L** était un homme sûr, d'une indomptable énergie, et qui pouvait être de la plus grande utilité. Dans un conseil auquel assistait le prince de Wolkonski, on décida que M. de L** serait adjoint au gouverneur de Paris. Aussitôt entré en fonctions, il obtint un ordre qui nommait M. Morin censeur-général de tous les journaux, avec défense expresse à tous directeurs des feuilles publiques, de rien imprimer sans une autorisation écrite du directeur suprême de la presse.

» Tous les censeurs impériaux, excepté celui du *Moniteur*, s'étaient esquivés. M. Morin nomma à leur place MM. de Mersan pour le *Journal des Débats ;* Salgues, pour le *Journal de Paris*, et Michaud pour la *Gazette de France.*

» Tout étant ainsi préparé, il est aisé de s'expliquer la facilité avec laquelle la Restauration s'est opérée. Une partie de la population parisienne, trompée, se précipita au-devant d'un pouvoir nouveau, qu'on lui disait reconnu et proclamé, et dans lequel chacun voyait déjà le dispensateur des grâces. Les autorités suivirent l'impulsion donnée par cette fraction de la population, et les souverains coalisés, trompés à leur tour, durent céder à ce qui leur semblait être le vœu unanime de la France.

» Les départemens s'étaient prononcés avant Paris, ceux du Midi surtout, où le duc d'Angoulême s'était montré à la suite de l'armée du duc de Wellington. Le département de la Gironde, lorsque le télégraphe lui eut transmis la nouvelle de l'entrée des armées étrangères à Paris, expédia une députation au prince de Talleyrand, président du gouvernement provisoire. Cette députation était chargée de demander le rappel des Bourbons; mais dans ces départemens, l'unanimité était la même qu'à Paris. Là comme dans la capitale, c'était une imperceptible minorité royaliste, mais une minorité triomphante à l'ombre des bayonnettes étrangères, faisant la loi à une majorité immense et frappée de terreur.

» A mesure que les armées étrangères occupaient les villes de France, quelques royalistes hardis se prononçaient en faveur des Bourbons : à Troyes, on en a compté deux qui eurent le courage, en présence des Russes, de reprendre la croix de Saint-Louis ; mais ils la portèrent suspendue à une chaîne d'or, le ruban rouge, suivant eux, ayant été *déshonoré* par la Légion d'Honneur. Après la bataille de Montereau, les Russes ayant battu en retraite, l'un de ces roya-

listes paya de sa vie son audacieuse protesta-
tion.

» On croit sans doute que la Restauration
s'est montrée généreusement reconnaissante
envers les hommes qui s'étaient ainsi exposés
pour elle. Il n'en fut rien, et c'est une doulou-
reuse page à lire de l'histoire contemporaine.
M. Morin, conspirateur, préfet de la Seine pendant quelques heures, censeur-général des journaux, puis chef de la première division au ministère de la police, etc. etc., est presque mort
de faim. M. de L**, chargé des plus importantes
missions au commencement de la Restauration,
commissaire royal pour faire reconnaître les
Bourbons, envoyé à Orléans pour s'emparer du
trésor impérial et des diamans de la couronne,
chargé, en 1815, de soulever plusieurs départemens, n'a jamais pu se faire rembourser ses frais
de voyage, ni obtenir la retraite de son grade (1). »

Tel est l'historique exact de ce hardi coup de
main qui eut pour conséquence la Restauration
de 1814.

Il nous reste à développer ce que M. Descloseaux n'a qu'indiqué, et à suivre, pour ainsi

—————

(1) *Pièces justificat.*, n° VI.

dire, pas à pas, ce champion du royalisme, M. le colonel de la Grange.

Le 1ᵉʳ avril, au matin, la presse, comme par enchantement, avait déserté la cause de Napoléon pour plaider avec feu celle des Bourbons. Les motifs de ce revirement subit nous sont connus. Ceci était encore l'œuvre de l'intelligent colonel : Il comprenait toute la puissance du journalisme, et s'était hâté d'en enlever la direction aux bonapartistes, qui auraient facilement remué les masses impressionnables en faveur du grand vaincu de Fontainebleau, et détruit ainsi, avec quelques coups de plume, les actions d'éclat de la veille. La proclamation de la commune de Paris, que Bellart avait rédigée, fut insérée dans le *Journal des Débats* du 2 avril, par les soins de M. Morin, lequel, jusqu'à l'entrée du Roi, conserva sa haute juridiction sur les journaux, malgré les menaces du gouvernement provisoire, qui plusieurs fois avait ordonné son remplacement ; et pendant cet intervalle, M. Morin ne cessa de publier des articles chaleureux au profit de la dynastie exilée et de la royauté.

Ainsi, avec l'initiative de deux hommes, le peuple et la commune avaient tout fait ; le chemin de la Restauration était largement frayé ; et cependant le parti des bonapartistes ne se croyait pas encore abattu : le 3 avril, une poignée de partisans de l'Empereur essaya de ramener le succès qui lui échappait. Le préfet de la Seine avait formellement refusé de signer la proclamation du conseil de la commune : dans ce péril imminent, M. de la Grange court chez le général Sacken, et obtient de lui le remplacement immédiat du préfet, s'il persiste dans son opposition. Deux officiers russes, ainsi que MM. le comte de Semallé et de Morfontaine, accompagnèrent le colonel à l'hôtel-de-ville. Après une vive explication, le préfet céda, prit la cocarde blanche, et sur l'injonction de M. de la Grange, fit disparaître le buste de Napoléon, décorant la grande salle d'audience.

M. le préfet de police Pasquier, ce prototype des hommes d'état qui ne retournent leur habit politique et ne métamorphosent leur conscience que devant les faits vraiment accomplis, hésita également quelques jours ; puis, la Restauration consommée, il se mit à maudire et à attaquer les convictions napoléoniennes, et à célébrer sur toutes les gammes de l'éloge les bienfaits de cette Restauration aveugle qui crut à son dévouement et à celui de tous les caméléons politiques, dont le trône de Louis XVIII fut bientôt environné.

Cependant, le colonel de la Grange, nommé commissaire du roi près le général Sacken, resta dans sa charge jusqu'au départ de ce général.

Malgré ces fonctions, il remplit encore celle de commissaire du roi pour aller à Orléans, à Blois et dans diverses villes, à l'effet d'y faire reconnaître Louis XVIII. Il fallait, pour une mission aussi périlleuse, un homme d'action et de dévouement intrépide. MM. Armand de Polignac et de Semallé, revêtus des pouvoirs de S. A. R. Monsieur, jetèrent les yeux sur leur ami, le colonel de la Grange.

(Pièces justific., n° VII.)

Il fut aussi chargé par le général Dupont, ministre de la guerre, de forcer dans deux divisions militaires l'adhésion des préfets, généraux, officiers et soldats sous leurs ordres. Partout où il y avait danger, le colonel accourait et se trouvait. Dans une rencontre, il manqua de payer son dévouement de la vie. Les soldats furent requis de faire feu sur lui, mais sa ferme contenance et son sang-froid invincible changèrent soudainement la détermination du général napoléonien qui les commandait.

Une des missions à la fois la plus délicate et la plus difficile qui fut confiée au colonel par le ministre de la guerre, fut de ramener d'Orléans au château des Tuileries le trésor de la couronne.

Ici quelques explications sont nécessaires pour détruire les allégations gratuites de certains personnages, prétendant avoir participé à cette mission, quoiqu'ils n'en aient été instruits que par la voix publique, au moment où les chariots s'arrêtaient aux portes de la capitale.

Le colonel, muni de ses pouvoirs, arrive à Orléans et exige du préfet, du général commandant la division, des officiers supérieurs de la place, des tribunaux, de la garde nationale et de toutes les autorités civiles et militaires, leur adhésion à la déchéance prononcée contre Napoléon, et ils déposent dans ses mains le serment de fidélité à Louis XVIII.

Se rendant à Blois dans le même temps, il rencontre l'impératrice Marie-Louise. Il présume qu'elle va rejoindre Napoléon, et voyant à sa suite un nombre considérable de voitures, il soupçonne qu'elles contiennent le trésor de la couronne. Ses soupçons changés en certitude, il forme le projet de rendre le trésor à sa véritable destination. Il retourne précipitamment à Orléans auprès du général comte de Schuwaloff, premier aide-de-camp de l'empereur Alexandre, qui le connaissait et auquel il avait été recommandé par M. le baron de Sacken et M. le comte de Langeron, commandant le corps russe qui occupait les environs. Il lui fait observer 1° qu'il est de la dernière importance d'empêcher que Marie-Louise ne rejoigne avec son fils l'Empereur à Fontainebleau; 2° qu'il faut également empêcher que le trésor ne prenne la route de cette ville, et que, pour obtenir ce double résultat, il est urgent de faire occuper le chemin par un corps russe, afin de forcer l'impératrice et son cortége à se jeter dans Orléans avec le convoi. Le général de Schuwaloff défère à la demande du colonel, dont les prévisions se réalisent de point en point. Marie-Louise, effrayée de l'approche des cosaques, entre à Orléans avec le trésor et tous ceux qui l'escortaient. Aussitôt, M. de la Grange accourt à Paris, à franc-étrier, rendre compte de l'état des choses à S. Exc. le ministre de la guerre. Le colonel était accompagné de M. le chevalier de Lestang, garde-du-corps de Sa Majesté, et de M. de Villeneuve d'Arifa, brigadier des gardes de MONSIEUR.

Le colonel reçut, ainsi qu'il l'avait sollicité, du ministre de la guerre, l'ordre ci-après adressé au général Hamelinaye, commandant la division, et dont nous donnons ici les dispositions :

« Je suis instruit, M. le général, qu'il existe »à Orléans des voitures chargées d'or et d'ar-»gent, soustraites au trésor public par Bona-»parte. Vous voudrez bien, au reçu de la pré-»sente, vous entendre avec M. Beaujeu de la »Grange, ancien colonel, que je vous adresse, »pour arrêter tout argent et effets appartenant »au gouvernement.

»Je vous rends personnellement responsable
»du retard et de la négligence que l'on appor-
»terait à l'exécution des dispositions de l'ordre
»que je vous donne à ce sujet.

» M. de la Grange vous donnera tous les ren-
»seignemens que vous pouvez demander. Vous
»l'autoriserez, au besoin, à s'adjoindre les of-
»ficiers qu'il vous désignera. »

Mais il ne suffisait pas de recourir à toutes les
mesures dictées par l'habileté, pour diriger le
trésor sur Paris, il fallait le mettre à l'abri du
pillage des troupes alliées, et surtout des cosaques encombrant les routes.

Dans cette vue, le colonel se rend chez M. le
baron de Sacken et se fait délivrer par lui des
saufs-conduits pour des voitures chargées d'objets appartenant à la couronne.

Revenu à Orléans, il transmet au général les
ordres du ministre de la guerre.

Pendant sa courte absence d'Orléans, l'esprit d'insurrection avait travaillé une partie des
troupes ; 4,000 soldats de toutes armes, en
pleine révolte, se répandent dans la ville, aux
cris de : *Vive l'Empereur ! mourons pour
l'Empereur !* Ils en viennent aux mains, et la
lutte s'échauffe ; mais le général Hamelinaye,
le préfet et les officiers supérieurs de la place,

liés par leur serment de la veille au nouveau gouverneur (serment prêté au colonel et auquel on dut la conservation du trésor et de la ville même), déploient la plus grandeé nergie ; l'insurrection est étouffée ; par malheur, quelques soldats avaient été tués.

Sur ces entrefaites, M. le baron de la Bouillerie, trésorier de la couronne, reçut une lettre de Napoléon, dans laquelle il lui était enjoint de diriger le trésor sur Fontainebleau. M. de la Bouillerie répondit qu'il était trop tard, qu'un commissaire du gouvernement se trouvait à Orléans, et qu'il ne pouvait plus disposer du trésor.

D'autre part, le ministre des finances, édifié sur l'arrivée du trésor à Orléans, envoie le 12 un agent de son ministère, M. Dudon, maître des requêtes, pour réclamer le convoi et le faire verser au trésor public. M. de la Bouillerie ayant informé le colonel de la Grange que toutes ces valeurs appartenaient au trésor de la couronne, celui-ci refuse de les livrer à M. Dudon, qui redouble d'instances et s'emporte inutilement. Le colonel tient ferme, et le trésor est conduit au château des Tuileries et remis à Monsieur lui-même, le lendemain de sa rentrée dans Paris.

D'après l'état rendu à M. de la Grange par M. de la Bouillerie, deux caisses de diamans faisaient défaut : c'étaient les numéros 2 et 3. M. de la Bouillerie déclara qu'il avait remis ces deux caisses au mameluk Roustan, par ordre de l'Empereur,

(Pièces justificat., n° II.)

Il fallait découvrir ce mameluk, pour savoir ce qu'étaient devenues ces deux caisses : la police refusa de fournir le moindre renseignement à ce sujet, et ce ne fut qu'après des démarches nombreuses et pénibles et des frais indispensables, que le colonel apprit entre les mains de qui le mameluk les avait remises. D'après les indications de M. de la Grange, elles revinrent par l'entremise active de M. de la Bouillerie au trésor de la couronne (1).

Les actes de M. de la Grange, d'après tout ce que nous venons de relater, étaient éclatans et avérés : la haute confiance dont on l'avait investi aux jours difficiles, était pour lui plus qu'une espérance lointaine, mais une certitude

(1) C'est particulièrement au zèle de M. de la Bouillerie qu'on doit la restitution du diamant qu'on appelle le *Régent*. Joseph Bonaparte s'en était emparé et le portait sur lui ; il était perdu pour la France sans les pressantes sollicitations de M. de la Bouillerie auprès de l'impératrice Marie-Louise, qui en obtint la restitution de Joseph Bonaparte.

de l'avenir le plus brillant. Il était appelé, par l'étendue de ses services et l'importance de sa fidélité, à fixer les regards bienveillans du monarque ; déjà on l'avait désigné pour remplir la place de colonel-major de la garde royale de Paris. Certes, une pareille position, acceptée plutôt par dévouement que par goût, n'était pas une de ces faveurs que l'intrigue sait arracher à une complaisance royale.

Nous le répétons, M. de la Grange était colonel depuis 1796 ; en 1800, époque de la pacification générale, il avait traité avec les représentans de Bonaparte, comme chef du parti royaliste.

Au suffrage unanime des amis de la monarchie qu'il venait de restaurer, il réunissait celui des deux ministres à qui l'on attribuait cette nomination, lorsque des ennemis acharnés distillèrent contre lui dans l'ombre le venin de la calomnie, et parvinrent, à force de manéges, à faire échouer sa nomination.

Ils dénaturèrent l'objet et les détails de la triste procédure dont nous avons déjà parlé ; ils inventèrent des inculpations coupables ; des notes secrètes, attentatoires à l'honneur du colonel de la Grange, furent forgées et adressées des départemens de la police générale au ministre de la guerre et placées sous les yeux du roi, de sorte que lorsque le ministre de la guerre présenta à Louis XVIII le travail de la garde royale, la demande fut écartée.

M. de la Grange eut beau, après mille fatigues et mille réclamations, réduire au néant la fureur de dénigrement et les mensonges de ses ennemis, il eut beau s'adresser directement au ministre de la guerre et au directeur-général de la police qui reconnurent, chacun par une lettre officielle, que leur religion avait été indignement trompée, le mal n'en était pas moins fait ; les ennemis triomphans du colonel restèrent en place, et les tartufes royalistes continuèrent à être les dispensateurs de toutes les grâces.

La comédie de quinze ans en était à son premier acte.

Une sorte de fatalité pesait sur la vie du colonel de la Grange ; il se sentit assez fort pour lutter contre elle, et il porta l'esprit et le cœur assez haut pour étouffer en lui l'égoïsme d'une douleur légitime et les cris d'une juste plainte, lorsque sonna l'heure de nouveaux périls pour cette triste monarchie, frappée d'une incurable cécité.

Le bruit de la descente de Napoléon en France venait de se répandre. Les chefs de l'armée conspiraient avec le captif de l'Europe ; les administrations diverses étaient pour lui ; Napoléon comptait des complices jusque sur les degrés du trône. Le colonel indigné apprend que Lefebvre-Desnouettes marche sur Paris avec sa troupe ; il se rend au château des Tuileries et s'abouche avec M. le duc de Duras, premier gentilhomme de service chez le roi. Il lui remet les noms et la demeure de quarante-deux amis dévoués qui se sont réunis spontanément à lui, armés de fusils à deux coups, dans l'intention de défendre le château et la personne du Roi.

Pendant que douze de ses affidés veillent autour des grilles du château, le colonel passe la nuit au château même.

Dans cette crise, Louis XVIII fait un appel à ses fidèles ; des volontaires sont inscrits. Le colonel va à Vincennes, centre de la réunion, sous les ordres de M. le colonel de Vioménil. Il remet au général une nouvelle liste de cent quatre volontaires qu'il a recrutés. Ses efforts ne se bornent pas là. Il sollicite l'autorisation de lever un corps franc pour aller au-devant des bonapartistes et les combattre. La lenteur ordinaire des bureaux amène des délais, pendant lesquels Napoléon s'avance. Le formidable exilé de l'île d'Elbe n'est plus qu'à une journée de la capitale ; le colonel marche sur un point déjà dépassé par Napoléon, et vers une armée qui s'était ralliée à son ex-empereur, celle du maréchal Michel Ney.

Le colonel de la Grange, dans une conjoncture

aussi critique, se joint au corps du maréchal Oudinot, mais en entrant à Chaumont, il trouve ce corps révolté contre son chef et en marche, sous les ordres du général Friant, pour se réunir aux soldats de Napoléon.

Sur la route, il est témoin de la défection de tous les corps, et de leur jonction à ceux de l'Empereur, alors il se retire prudemment à Besançon, près de M. le comte de Scée, dont il connaît la fidélité à Louis XVIII. Mais en arrivant dans cette ville, il apprend que Napoléon a fait son entrée triomphale dans Paris ; le canon de la vieille cité espagnole le lui annonce, et un conseiller de préfecture qui le rencontre, l'avertit de veiller à sa sûreté personnelle, en lui déclarant qu'une dépêche de Paris ordonne son arrestation immédiate.

Tous les départemens, travaillés par des émissaires de Napoléon, sont gagnés en un clin-d'œil à sa cause. Le colonel n'a plus qu'à fuir la France ; il passe en Suisse, profondément abattu, mais non désespéré. Le désespoir n'atteint jamais des caractères aussi vigoureusement trempés. A Zurich, M. de la Grange rencontre M. le préfet de Besançon, qui le présente à S. Exc. M. le comte de Talleyrand, ambassadeur de S. M. près les cantons suisses. L'activité était la vie du colonel, et il poussait l'amour des Bourbons, odieusement ingrats envers lui, jusqu'au fanatisme. Il s'insinue dans la confiance des membres les plus influens de la diète, et des personnages les plus considérables du pays. Il y forme le projet de lever un corps de trois cents hommes pour le service du Roi. Il est secondé dans son entreprise par M. de Talleyrand, par le ministre, par M. le baron de Krudner, envoyé de Russie, par M. Canning, envoyé d'Angleterre, par M. Chambrier, ministre de Prusse, par une foule d'autres représentans des puissances, par la diète, et surtout par M. le général Dauf-de-Maur, avoyer des petits cantons, et zélé partisan des Bourbons.

Le colonel méditait de pénétrer dans les départemens de l'est de la France, à la tête de ses trois cents hommes d'élite. Les intelligences ménagées par lui dans tout le pays qu'il avait traversé, les renseignemens particuliers que lui avait fournis un prêtre, M. l'abbé Lafond, plus tard instituteur des pages de Louis XVIII, lui faisaient espérer de grossir sa petite troupe de tous les royalistes, habitans de ces contrées. Ainsi soutenu, il eût pu opérer une diversion sur Lyon, et appuyer les tentatives du duc d'Angoulême, commandant alors une armée à Valence et à Montelimart. Dans le cas d'un insuccès de ce côté, le colonel, dès long-temps habitué à la guerre de partisan, devait rejoindre avec son corps l'Altesse royale, et favoriser l'insurrection générale des populations du Midi, si chaudement royalistes, et, en toute occurrence, se maintenir dans les montagnes du Dauphiné, qui lui étaient parfaitement connues, jusqu'à l'arrivée des puissances alliées.

Ce grand projet devait être aussitôt exécuté que conçu. Il demeura sans effet par les lenteurs de l'ambassadeur français, qui crut devoir, avant d'agir, en obtenir l'autorisation du Roi. MM. le baron de Marguerite et le comte de Mersan furent députés vers Louis XVIII ; mais avant leur retour, on apprit la capitulation du duc d'Angoulême. D'autre part, le colonel ne recevant de Gand aucune nouvelle, se dispose lui-même à faire le voyage de cette ville ; il part avec le regret profond de quitter de la sorte, et par des circonstances indépendantes de sa volonté, les braves compagnons qui s'étaient attachés à sa fortune ; mais à Bruxelles il apprend que les agens envoyés auprès du Roi avaient été habilement circonvenus, dans le but unique de faire échouer son entreprise.

Cette nouvelle contrariété, ajoutée à tant d'autres, ne put refroidir la fièvre de fidélité de M. de la Grange. Il fit supplier Louis XVIII de lui donner des ordres pour rejoindre son ami, M. le marquis de la Rochejacquelein, commandant alors une des armées royales de l'Ouest. Mais avant que sa demande eût été agréée, le désastre de Waterloo avait ramené le prince dans la capitale, où le colonel s'empressa d'accourir à la suite. Certes, d'une vie aussi agitée, depuis, aussi ensevelie et modeste malgré les faits éclatans dont elle est semée, ne se dégage-t-il pas, aux yeux de tous les hommes de cœur et d'élévation d'esprit, quelque chose d'extraordinaire et de grandiose, dont ce siècle froid et nivelé a perdu l'habitude, une persévérance de stoïcien antique, dans une ligne inflexible, celle que la conscience impose, malgré les revers, malgré les douleurs rongeantes de l'ingratitude ? Le caractère de fer de ce soldat indompté, victime de ses convictions politiques, ne nous offre-t-il pas, en l'examinant d'une certaine hauteur, un bel exemple à suivre, à nous autres jeunes hommes des générations nouvelles, qui vivons pour la tutelle et la mise en œuvre d'autres idées, écloses et mûries au soleil de nos révolutions successives, et que peut-être, qui sait? le colonel, presque nonagénaire, comprend et approuve aujourd'hui ? N'avons-nous pas une noble leçon de morale et de vertu politique à tirer, en établissant un parallèle entre toute cette vie de dévouemens généreux, de désintéressement et de constance, et celle de tant de dignitaires apostats, maintenant nos maîtres, qui depuis cinquante ans s'usent les genoux à se prosterner devant tous les dieux nouveaux que le succès couronne (1) ?

(1) Officier supérieur, comme homme privé, le

Le dernier acte de la vie militaire de M. le colonel de la Grange date du 28 juillet 1830.

Lorsque l'insurrection populaire, grondant dans les rues de Paris, fut devenue une triomphante révolution, M. Doligny, maire du 10e arrondissement, fit appeler M. de la Grange, dont il connaissait l'habileté et le sang-froid imperturbable dans les circonstances critiques. M. de la Grange, sans hésiter, revêt son vieil uniforme de colonel, s'élance à la mairie, où il trouve réunis un certain nombre de gardes na-

colonel a toujours poussé le point d'honneur de sa foi politique jusqu'à la susceptibilité la plus délicate. C'est qu'en lui la nature rude et loyale du soldat prime celle du gentilhomme. Jamais, dans sa longue carrière militaire, il n'a laissé passer impuni un mot injurieux à l'égard des princes de la famille exilée, de quelque haut que vînt l'attaque. En voici un exemple entre plusieurs.

Le jour de l'entrée de S. A. R. Monsieur à Paris, le colonel dînait chez M. le général de Sénilhac ; la conversation roula sur les événemens politiques, et un colonel qui depuis a été appelé à commander un régiment de S. A. Monsieur, éleva des soupçons sur la bravoure de S. A. R. Le colonel, blessé au vif, en exigea sur-le-champ réparation, et s'en vengea l'épée à la main.

tionaux; il en accepte le commandement, afin de contenir la foule débordée, ivre de sa victoire.

Il se dirige avec sa troupe vers Lafayette, à l'hôtel-de-ville, où il entre seul, après avoir laissé le commandement des gardes nationaux, auxquels les masses offraient un obstacle infranchissable, à un capitaine d'état-major de la légion. Il rend compte de sa démarche au maire, qui l'envoie aux Tuileries pour veiller à l'ordre et empêcher le pillage (1). Des élèves de l'École polytechnique et des citoyens courageux s'étaient déjà emparé des diverses grilles, où ils avaient formé des postes (2).

(1) La belle et noble conduite du peuple vainqueur aux Tuileries rendit ces mesures de sûreté inutiles.

(2) Parmi eux, nous citerons MM.
Charles Ledru, avocat;
Louis Daulet, fabricant de cristaux;
A. Léger;
Devoluer, élève de l'École polytechnique, qui occupait le pavillon de Flore;
Fabrey, élève de l'école polytechnique;
Forget, id., qui conduisait une pièce de canon;
Laviron, placé à la grille du Pont-Royal;
Alphonse Leroy, au Musée;
Pelletier, au poste de la Monnaie.

Aux Tuileries, le colonel de la Grange distribue avec intelligence les hommes sous ses ordres ; il les commet à la garde des principaux appartemens et des caves ; il pourvoit de sa bourse à ce que rien ne leur manque, et pendant toute la nuit de son commandement, la discipline la plus sévère est observée ; il n'eut pas à réprimer le moindre désordre. Le lendemain, il fut invité par le maire, M. Doligny, à dresser un rapport de ce qui s'était passé la nuit précédente aux Tuileries, et à le remettre en personne à Lafayette. Le colonel de la Grange obéit, et, à peine arrivé chez le général, il se voit subitement entouré d'une centaine de mouchards et de gens de police, vociférant et hurlant contre lui des menaces de mort. « C'est un royaliste ! c'est l'homme qui a ramené les Bourbons en 1814 ! c'est un traître ! arrêtez-le ! » On le saisit, on l'enlève, on déchire en lambeaux son uniforme aux revers fleurdelysés ; il allait être lâchement égorgé, malgré sa défense énergique, lorsqu'il dut la vie à la présence d'esprit d'un lieutenant-colonel d'artillerie, M. Sylvain, qui l'arracha à une mort certaine, en déclarant formellement, et d'un ton solennel, qu'il avait mission de le conduire sain et sauf au général Lafayette. M. de la Grange, en s'évadant, aperçut sous la voûte de l'hôtel-de-ville, les cadavres sanglans de deux ouvriers pris pour des Suisses déguisés, et que le peuple venait d'immoler.

A la tête de ce complot, ourdi pendant la nuit aux Tuileries contre M. de la Grange, se trouvait le capitaine d'état-major, son second, dont nous avons parlé.

Tel est le récit véridique des événemens de 1814 à Paris, et de la vie politique et militaire de l'étonnant conspirateur du 31 mars. Colonel depuis quarante-sept ans, M. de la Grange n'a jamais pu obtenir même la solde de son grade ; en disponibilité, à partir de 1816, et chevalier de Saint-Louis, il lui a été impossible jusqu'ici de toucher la modique pension affectée aux membres de cet ordre ; calomnié par de plats valets de tous les gouvernemens, en raison de sa franchise quelquefois brutale de soldat, il a sollicité une réhabilitation officielle dont l'obtention lui a été inutile, et le vieux colonel en cheveux blancs, végète aujourd'hui dans une obscurité voisine du besoin, après avoir dépensé plus d'un quart de siècle et une fortune considérable au service d'une dynastie caduque et sans cœur; après avoir vu mourir de chagrin, et dans un dénuement presque complet, M. Morin, son complice de 1814 !..

Résumons-nous.

La restauration des Bourbons en 1814 a trompé toutes les prévisions humaines : le prétendant de la petite cour d'Hartwel avait contre lui les puissances alliées de l'Europe, Paris et la province, c'est-à-dire toute la France éclairée et nationale, à l'exception de quelques centaines de gentilshommes non ralliés à l'Empereur, et que souvent la défiance de Napoléon avait tenus à l'écart; aristocratie agenouillée et innocemment brouillonne, conspirant pour rire, et la panique au cœur, dans quelques salons d'élite du faubourg Saint-Germain, à travers des causeries de femmelettes et des commérages stériles; mais attendant toujours inactive, l'oreille tendue et la tête basse, l'issue des événemens qui s'accumulaient les uns sur les autres; aristocratie affamée de dignités perdues, mais cloîtrée et comme pétrifiée dans sa nullité; ayant refusé toute participation au danger, quand le moment était venu de payer de sa personne, et laissant ainsi à d'impavides mais obscurs conspirateurs, le soin de la hisser au mât de Cocagne du Pouvoir, quitte à briser, après un triomphe immérité, les instrumens de son élévation, à chanter pour les rois qu'elle devait de nouveau entraîner dans l'abîme, un *Te Deum* magnifique, en s'asseyant orgueilleusement aux larges festins du vieux despotisme.

Aujourd'hui, cette aristocratie incorrigible, foudroyée deux fois depuis quarante ans, et qui essaie de raturer, avec la pointe d'une épée émoussée, les deux grands millésimes qui marquent sa décadence, 1789 et 1830, cette aristocratie va se grouper, dans un voyage qu'elle proclame exclusivement sentimental, et qui est tout politique, autour d'un autre prétendant, le jeune hôte de *Belgrave-Square*, pauvre enfant royal que le tourbillon de la tempête populaire a emporté dans l'exil, pour punir les inepties criminelles des courtisans de sa famille !

Le prétendant de *Belgrave-Square*, comme celui d'Hartwel, a contre lui l'Europe, Paris, la vraie France libre et émancipée, la France démocratique, et, de plus, la révolution accomplie des idées, cette barrière infranchissable, faite de granit et d'airain, qu'aucune main d'homme, qu'aucun choc d'armées ne sauraient démolir : Eh bien ! il faut le dire, une poignée de nobles désappointés, lorsqu'il n'y a plus de noblesse en France que celle du travail intelligent, de l'esprit et du cœur, quatre ou cinq cents gentillâtres de province, étalant grotesquement la rouille de leurs blasons, à défaut d'œuvres personnelles — Nous ne comptons pas parmi eux quelques ambitieux illustres, ni M. de Châteaubriand que les faiblesses d'une vieillesse glorieuse y a poussé, parce qu'il savait qu'on saluerait avec acclamation, devant une jeune royauté d'avenir impossible, la vieille royauté de son génie — Ces quelques visiteurs se sont vantés, là-bas, outre-Manche, dans dix pieds carrés d'un salon de contrebande, d'être les représentans de la France et de ses idées nouvelles !

Ils se sont serré les mains en signe d'enthousiasme et de force, et de leur étroit conclave ils ont laissé transpirer des noms, des titres inconnus ; ils ont renié leur passé dans une fraction du journalisme royaliste qui les soutient, et depuis la réjouissante comédie jouée à *Belgrave-Square*, ils font sonner plus haut que la France démocratique, les grands mots de libertés sociales et nationales !

Il ne leur manque plus, en vérité, après de si pompeuses annonces, que des chargés de pouvoirs royaux, et quelques robustes conspirateurs à la Pélopidas, comme celui de 1814, pour faire fleurir chez nous le règne de la démocratie pure, pourvu toutefois que ces conspirateurs, le succès échéant, consentent, comme leurs devanciers, à mourir à la Phocion !

Mais non : ils savent trop bien que les jours des conspirations sont passés, et qu'on ne peut plus escamoter, avec l'aide de quelques hommes résolus, les droits imprescriptibles d'une grande nation qui les connaît et qui les a jugés. Voilà pourquoi ils inscrivent habilement sur quelques-uns de leurs drapeaux, les maximes d'une révolution qui les a moralement suicidés (1).

(1) Nous avons en vue, ici, comme plus haut,

Mais à quoi bon combattre de vains fantômes? à quoi bon agiter ironiquement les décombres d'un passé qui ne saurait baser ni le présent ni l'avenir?

Messieurs de l'ancien régime, masqués ou à découvert, votre promenade politique d'outre-Manche restera éternellement, et malgré vos jactances risibles, une promenade d'affection et d'agrément.

Retenez bien ceci: les aristocraties du parchemin, de l'épée et de l'argent, le droit divin, le règne du bon plaisir, les cours prévôtales, les assassinats juridiques, les jésuites, les congrégations, les billets de confession, les lois sur le sacrilége, les cardinaux ou évêques-ministres, sont un contre-sens dans la France du XIXme siècle : les prétendans s'en vont, et les rois aussi, parce que le peuple qui raisonne est arrivé !

FRANCIS GIRAULT.

(Paris, ce 26 janvier, 1844.)

la *Gazette de France,* qui perd sa clientèle en raison de sa fièvre croissante de démocratie, et qui, en cela, est plus hardie, mais bien moins logique, que la *Quotidienne* et la *France,*

Notre brochure tout entière était sous presse, lorsque la Chambre des députés nous a fait assister à un de ces solennels débats qui se gravent dans l'histoire et qui font éclater çà et là, comme un tonnerre, contre quelques hommes fatalement inféodés à tous les pouvoirs, la grande voix de la justice nationale.

Le triste ministère qui pèse sur la France depuis quelques années, ministère dont toute la force galvanique est incarnée dans M. Guizot, l'homme de Gand, le transfuge de Waterloo et le Jupiter olympien des centriers-machines, a été, dans son chef, souffleté sur les deux joues, et malgré la bilieuse opiniâtreté d'une défense impossible, cloué à son banc de douleur et d'humiliation...

Un substantif malencontreux, gros de colères, substantif tout-à-fait inutile, inséré dans l'adresse au Roi, de 1844, par la vengeance effrontée de M. Guizot, a soulevé ce grand orage au sein de la Chambre : l'ouragan s'est fait dans les consciences et dans la voix des deux oppositions. Les députés royalistes, attaqués dans leur honneur devant le pays, ont fait retomber, en lames de plomb fondu, sur le cœur du ministre, tout le passé de félonie qu'on leur reprochait accidentellement pour le voyage de Londres. Leurs argumens *ad hominem* ont été invincibles et nous ont rappelé quelques-unes de ces séances de la Convention, à la fois majestucuses et grondantes : la *flétrissure* du passé de M. Guizot reluisait en traits de feu sur toutes les murailles du palais-Bourbon, comme la sentence de Balthasar dans son palais babylonien, surtout lorsque les députés de l'opposition radicale, seuls vrais représentans des idées du pays, de la politique digne de la France, se sont levés en masse, saisis par un mouvement électrique, contre cet homme, balbutiant, terrassé, mais non désespéré, à la face duquel ils ont jeté l'apostasie flagrante du voyage de Gand, la veille de la bataille de Waterloo !

Qu'est-il résulté, s'il vous plaît, de cette immense maladresse politique de M. Guizot dans la question du voyage de Londres, officiellement flétri, sinon que l'avenir politique de cet homme est à jamais fermé, car il est des répugnances profondes qui finissent par se faire jour, et que la France ne saurait sacrifier; sinon que la très petite minorité royaliste voit croître ses espérances en raison des fautes de ses adversaires, en raison de cette peur incessante d'une doctrine usée qui, à l'instar de tout ce qui est faible, tremble et pâlit devant des ombres, devant des rêves insensés !

En tout état de cause, cette mémorable séance de la Chambre des députés aura été bonne, en ce sens qu'elle a sculpté vif M. Guizot, en face du pays, et que si elle a relevé un moment l'espoir du parti royaliste déchu, la France démocratique est là qui veille, et elle sait où elle va !

PIÈCES JUSTIFICATIVES.

———

N° I.

…… J'ai tout vu, tout apprécié, tout recueilli…

…… Lorsque la plus insigne félonie eut livré les murs de Bordeaux à l'occupation étrangère, la petite cour d'Hartwel multiplia ses agens à l'infini sur tous les points de la France, et principalement à Paris; des intelligences furent établies aux quartiers-généraux des empereurs de Russie, d'Autriche et du roi de Prusse. Ces monarques, pressentis dans l'intérêt des Bourbons, ne s'expliquaient point sur leurs volontés précises; ils répondaient vaguement, et le nom de Louis XVIII, murmuré à leurs oreilles, ne *semblait leur inspirer aucune sympathie.* Une perplexité cruelle occupait leurs esprits; une victoire définitive leur paraissait encore bien douteuse ; ils connaissaient Napoléon, guerrier fécond en ressources , habile à profiter des moindres circonstances, et un *traité avantageux* leur semblait préférable au prolongement d'une lutte meurtrière. (ANNALES DE LA RESTAURATION , par A. T. Esquiron de Saint-Agnan, page 29, tome Ier; — Furne. (1838.)

.... Jusqu'ici encore l'on n'aperçoit rien qui provienne d'une volonté bienveillante des souverains alliés ; leur mouvement sur la capitale, son occupation par leurs armées, étaient dans leurs intérêts personnels. Sans doute ils avaient ouvert matériellement les chemins, les passages à la famille royale ; mais dire qu'elle venait sous leur assistance et comme une espèce de bagage à leur suite, c'est une assertion tout-à-fait fausse , à part son inconvenance. A-t-on donc oublié que le prince , premier héritier de la couronne, avait été constamment repoussé par eux, et que, violant à son égard les droits les plus sacrés, on avait voulu le rejeter de cette France qu'il avait à peine entrevue... (RÉVÉLATION DE FAITS IMPORTANS *sur les Restaurations de 1814 et de 1815* ; par C. M. Morin , ex-chef de la première division de la police générale du royaume en

1814, CHARGÉ, LORS DES DEUX RESTAURATIONS, de *pouvoirs, missions et mandats* donnés au nom de S. A. R. MONSIEUR et de S. M. Louis XVIII, page 40 et suiv., in-8°; chez Audin, quai des Augustins, 25 ; — Paris.

N° II.

BUREAU DE L'ÉTAT MILITAIRE,

RUE DES MOULINS, N° 22.

Numéro d'ordre.

On est prié de rappeler en marge de la réponse le N° d'ordre ci-dessus.

Paris, le 3 août 1814.

A. D. Champeaux, adjudant-commandant, officier de la Légion-d'Honneur, décoré de la fleur-de-lys, rédacteur propriétaire de l'*État militaire de France;*

Atteste qu'il est à sa connaissance que M. Paul-Hippolyte-Jérôme Deffieux Beaujeu, marquis de la Grange, a traité, en qualité de commandant en chef le parti des royalistes dans les départemens des Ardennes et des Forêts, avec M. le général Gardanne, commandant la 14ᵉ division militaire, et que, par suite dudit traité et de sa capitulation, il lui a présenté à Evreux, où il commandait le département de l'Eure, plusieurs officiers faisant partie de la division dite de Joubert, entre autres M. Delaunay, Bidau, de la Roque et de Joviac, ancien maréchal-de-camp, M. de Joviac fils, M. le comte de Rangrawe, aussi ancien maréchal - de - camp, M. Hyacinthe de Rangrawe fils, etc., etc. ;

Lesquels, conformément aux ordres du gouvernement, ont déposé les armes devant lui, dans les mois de germinal, floréal et prairial an VIII (1800), et sont inscrits sur les registres d'amnistie à ce destinés, sous les numéros 42, 43, 64, 65, 66, 77 et 124.

En foi de quoi j'ai délivré le présent à M. le marquis de la Grange.

Signé CHEVALIER DE CHAMPEAUX.

Pour copie conforme à la pièce représentée :

Paris, le 14 janvier 1815.

—

N° III.

Premier arrondissement municipal de Paris.

DÉPARTEMENT DE LA SEINE.

VILLE DE PARIS.

Paris, le 7 février 1820.

Je soussigné, chef des bureaux de la mairie du 1er arrondissement de Paris, déclare que, placé auprès de MM. les maire et adjoints en permanence à la mairie, à l'époque des 30 et 31 mars 1814, je fus présent et personnellement interpellé en ma susdite qualité, à la comparution extraordinaire qui eut lieu ledit jour, à huit heures du matin, au moment où MM. les maire et adjoints venaient de s'éloigner pour quelques instans. — *Suit l'historique précis de la comparution.*

M. le colonel Beaujeu marquis de la Grange, que j'avais l'honneur de connaître, s'est présenté, accompagné d'un officier prussien, que j'ai su depuis être M. le baron Plotho, commandant le quartier-général de Sa Majesté le roi de Prusse, et de M. Monnet, chef de bureau de la préfecture de la Seine, que je connaissais bien ; lesdits comparans requérant l'office de la marie pour préparer le logement des souverains et disposer au passage de leurs troupes dans l'arrondissement.

M. le marquis de la Grange a déclaré, parlant à moi, à défaut de MM. les maire et adjoints, absens en ce moment, que les souverains alliés avaient reconnu S. M. Louis XVIII pour roi de France, en confirmation de quoi la première cocarde blanche m'a été présentée, avec une invitation de la faire prendre aux administrés.

Le sieur marquis de la Grange ajoutait de la manière la plus pressante, qu'il fallait se hâter de se réunir sous l'étendard du lys, au cri de : *Vivent les Bourbons* ! que c'était le seul moyen d'assurer la tranquillité dans Paris et de préserver la France de la guerre civile.

La présente déclaration, pour servir et valoir ce

que de raison, délivrée par moi soussigné, selon l'exacte vérité, sur la demande qui m'a été faite de mon témoignage par M. le marquis de la Grange.

Paris, le 7 février 1820.

Signé VASSEUR.

—

Nous, maire du premier arrondissement de Paris, certifions que le rapport conforme à la déclaration ci-dessus nous a été fait ledit jour, à notre retour à la mairie, par ledit chef des bureaux, dont nous certifions en même temps la signature apposée.

Paris, le 7 février 1820.

Signé LECORDIER.

—

N.° IV.

Paris, le 12 mars 1815.

A son Excellence le ministre de la guerre.

Monsieur le Duc,

Des inculpations assez graves avaient été dirigées contre M. le colonel de la Grange (Hippolyte-Jérôme-Paul) ; on les appuyait sur des jugemens rendus soi-disant contre lui par le tribunal de police correctionnelle, et des notes particulières, relatives à divers objets, avaient été adressées récemment du département de la police générale au ministre de la guerre.

D'après de plus amples informations, et nous étant fait représenter une ordonnance et un jugement de ce même tribunal, en date du 24 juillet 1811, il résulte *évidemment* que *les faits dont il était inculpé n'étaient nullement fondés,* et *qu'ils ne présentaient* d'ailleurs ni crime, *ni délit, ni contravention.*

M. de la Grange nous ayant fait demander de dé-

truire dans l'esprit de Votre Excellence l'impression que ces notes auraient pu y laisser, nous lui faisons connaître les dispositions de ces jugemens.

Nous nous empressons donc d'avoir égard à cette juste réclamation de M. de la Grange, et de prier Votre Excellence de vouloir bien regarder comme nulles et non avenues, les notes injurieuses adressées de la police générale contre cet officier, dont la conduite, au reste, est au-dessus de blâme, et dont les opinions constantes et loyales ne permettent aucunement de douter qu'il ne puisse rendre encore aujourd'hui des services importans au souverain dans le poste qu'il réclame auprès de Votre Exellence.

J'ai l'honneur d'être, avec la plus haute considération,

Monsieur le Duc,

Votre très humble et très obéissant serviteur,

Le Directeur-général de la police du royaume,

Signé **DANDRÉ.**

MINISTÈRE DE LA GUERRE.

HUITIÈME DIVISION.

Bureau de la police militaire.

Paris, le 25 septembre 1815.

Monsieur,

J'ai l'honneur de vous prévenir que j'ai ordonné de faire mention, en marge du dossier qui vous concerne, d'une lettre de Son Excellence le ministre de la police générale, qui révoque et annule les notes et renseignemens qui vous étaient défavorables, et que ce même département avait précédemment adressées au ministre dé la guerre.

Le ministre secrétaire d'état de la guerre,

Signé GOUVION SAINT-CYR.

A M. le colonel Beaujeu, marquis de la Grange.

N° V.

Je soussigné, atteste que m'étant rendu le 31 mars 1814, à sept heures du matin, à l'hôtel-de-ville de Paris, pour préparer l'entrée des hautes puissances alliées, j'y ai trouvé M. le colonel Beaujeu marquis de la Grange, le premier Français que j'aie déjà vu décoré de la cocarde blanche ; qu'il s'est empressé de me fournir tous les renseignemens dont j'avais besoin ; qu'il m'a accompagné auprès des différens fonctionnaires, et a requis un des chefs de me suivre pour prendre mes ordres ; que je me suis rendu auprès de MM. les maires du premier et du dixième arrondissement, pour y ordonner les logemens des souverains et des princes de leur suite; que, dans toutes les démarches, M. le colonel la Grange distribuait des cocardes blanches, et n'a cessé d'invlter, pour le salut de la France, tous les fonctionnaires à arborer cette couleur des Bourbons; que, dans les places publiqucs et les rassemble-mens, il exhortait par tous les moyens le peuple à suivre son exemple et à crier: *Vive le roi! vivent les puissances alliées!*

J'affirme que c'est au zèle et au dévouement de M. le colonel de la Grange qu'est principalement dû le mouvement royaliste qui s'est propagé avec rapidité dans toute la ville; qu'il était accompagné de M. de Mersan, secrétaire actuel des commandemens dé S. A. R. Mme la duchesse douairière d'Orléans.

En foi de quoi j'ai signé le présent certificat, re-revêtu du sceau de mes armes.

Fait à Paris, le 31 août 1815.

LE BARON DE PLOTHO,

Commandant le quartier de S. M. le roi de Prusse.

N° VI.

MINISTÈRE DE L'INTÉRIEUR.

Le ministre de l'intérieur autorise M. le colonel marquis de Beaujeu de la Grange à se rendre dans es départemens de l'Ain, du Doubs, de la Saône, du Rhône, de la Côte-d'Or, et autres environnans, pour rallier à la cause du roi et à celle de la nation les serviteurs dévoués. Les autorités civiles et militaires sont invitées à lui prêter aide et protection, et à lui fournir et faciliter les moyens de remplir la mission qui lui est confiée.

Paris, le 15 mars 1815.

Le ministre secrétaire-d'état au département de l'intérieur,

L'abbé DE MONTESQUIOU.

(Pièce originale.)

M. le colonel Beaujeu marquis de la Grange, rue Pinon, 12.

DIRECTION GÉNÉRALE DE LA POLICE DU ROYAUME.

Le directeur-général de la police du royaume invite toutes les autorités civiles à prêter assistance, aide et protection à M. le colonel marquis de Beaujeu de la Grange, autorisé par Son Excellence le ministre de la guerre à se rendre dans les départemens de l'Ain, du Doubs, de la Saône, du Rhône, de la Côte-d'Or et autres environnans, pour rallier à la cause du roi et de la nation les serviteurs dévoués, et à lui faciliter les moyens de remplir sa mission.

Paris, le 17 mars 1815.

DANDRÉ.

N° VII.

MINISTÈRE DE LA GUERRE.

Paris, le 7 avril 1814.

Il est ordonné à M. Hippolyte Deffieux de Beau-jeu de la Grange, de partir sur-le-champ pour se rendre à Orléans, afin de faire connaître à toutes les autorités civiles et militaires les actes du sénat et du gouvernement, et de traiter avec elles sur tout ce qui concerne le service de S. M. Louis XVIII, et recevoir leur adhésion et celle des troupes sous leurs ordres. Cet ordre est commun aux préfets, maires et gardes nationaux.

Le ministre de la guerre,

Signé LE GÉNÉRAL COMTE DUPONT.

Vu, vérifié et certifié conforme à la pièce originale qui m'a été communiquée.

Paris, le 24 décembre 1814.

Le gouverneur de la première division militaire,

Signé Comte MAISON.

Pour extrait conforme à l'original qui nous a été représenté.

Paris, le 23 juillet 1819.

L'adjoint sous-intendant militaire,

J. RATSOQUY

—

Orléans, le 12 avril 1814.

Monsieur,

Lors du départ de l'empereur Napoléon pour l'armée, le 25 janvier, il me fit demander les diamans de la couronne, qui lui ont été remis dans trois caisses, sous les numéros 1, 2, 3, et il me fut donné décharge par un décret, tant de cette remise que de celles qui avaient été faites antérieurement à l'impératrice.

Arrivé à Orléans, et ayant eu connaissance que la caisse n° 1, contenant le *glaive* et le diamant dit le *Régent*, était entre les mains de l'impératrice, j'en ai fait la demande, et elle m'a été remise, ainsi que tous les autres diamans servant à sa parure, mais les caisses n°ˢ 2 et 3 ayant été déposées dans des mains qui me sont inconnues, je me suis adressé, pour les réclamer, à M. le général Bertrand, grand-maréchal de l'empereur Napoléon, et j'attends sa réponse.

Les fonds et autres valeurs, bijoux, etc., appartenant tant au trésor de la couronne qu'au domaine privé et au domaine extraordinaire, sont partis ce matin pour Paris, accompagnés d'un commissaire du gouvernement provisoire et de mon caissier ; je m'y rends aussi pour en faire la remise au trésor public, et présenter la situation des différentes caisses qui m'ont été confiées.

Le convoi se compose particulièrement de dix millions environ en or.

Je vous prie d'agréer, Monsieur, l'assurance de ma parfaite considération ,

Signé LE BARON DE LA BOUILLERIE.

Vu, vérifié et certifié conforme à la copie originale qui m'a été communiquée.

Paris, le 24 décembre 1814.

Le gouverneur de la première division militaire,

COMTE MAISON.

A M. Beaujeu , marquis de la Grange commissaire chargé à cet effet.

CATALOGUE.

Les Abus de Paris sont arrivés à leur 27e livraison, c'est-à-dire que déjà plus de la moitié de l'ouvrage a paru ; le moment est donc venu pour la critique sérieuse d'examiner la donnée première et le cadre de ce livre, et de juger si, jusqu'ici, il a été rempli.

Tant d'œuvres littéraires avec ou sans illustration s'entassent chaque jour dans les magasins de la librairie contemporaine ; les menteuses réclames du journalisme intéressé annoncent avec fracas chaque matin à la France qui ne s'en doute guère, l'éclosion de tant de chefs-d'œuvre, sortis des cerveaux de grands écrivains, inconnus la veille, ou trop connus, ce qui revient au même, que l'éditeur des *Abus de Paris*, publiant un livre éminemment utile, neuf et frondeur par son titre et par la pensée qui l'a inspiré, a dû suivre une marche opposée à celle de ses habiles confrères : Exécuteur de seconde main des *Abus parisiens*, en général, et des abus littéraires, en particulier, il devait attendre pour son livre les éloges de la presse sans aller au devant, et repousser de toutes ses forces cette solidarité complaisante qui lie un auteur à tel journal, à telle doctrine, qui le place à l'ombre d'un drapeau exclusif, et l'empêche d'apprécier de haut, avec franchise et indépendance, ce grand pêle-mêle des hommes et des idées se heurtant dans la plaine.

Les éloges de la presse sont acquis aujourd'hui à l'ouvrage des *Abus de Paris*, et ce qui vaut mieux, sans nul doute, il a obtenu surabondamment les suffrages de la minorité intelligente et lettrée. Contrairement aux œuvres frivoles trop vantées à leur début, qui ne jettent qu'une étincelle éphémère pour retomber dans un profond oubli, parce que la vrai vie, la lumière de l'esprit et du cœur n'est pas en elles, le *livre des Abus de Paris*, modeste à son apparition, a fait petit à petit, par sa force propre, son chemin souterrain ; il a creusé sous le sol un sillon d'eau féconde qui devait plus tard jaillir au grand jour et s'élancer en gerbe lumineuse aux yeux de la foule.

Qu'y a-t-il donc dans ce livre dont nous parlons, lorsque de notre temps presque tous les livres se ressemblent et déroulent dans la même ornière leurs pages fades et monotones, qui n'apprennent rien et provoquent le bâillement et l'ennui ?

Il y a, d'un bout à l'autre, une satire mordant à vif, toujours libre et vraiment littéraire de toutes les classes sociales, satire de bon ton et de goût qui évite les personnalités odieuses, tout en les indiquant du doigt, sous la transparence des faits ; il y a, dans un plan dramatique bien choisi, une création de personnages qui se meuvent et se passionnent pour les abus de toutes sortes qu'ils représentent et qu'ils mettent en scène : Cet ouvrage est à la fois une satire, une comédie, une œuvre philosophique où de la fine observation de la société naissent la leçon, l'enseignement utile, sous l'épiderme d'une gaîté pleine de verve, sous le tissu élégant et varié des évènemens.

Les abus sociaux y sont attaqués sans merci, par groupes, par catégories : Ainsi, déjà ont été abordés et scrutés à fond, avec bonheur et hardiesse, les *abus* de ce triste journalisme, dégénéré en métier; ceux de la littérature, du roman et de la poésie, malades de leur stérile abondance; ceux des théâtres, du drame babillard, nerveux et échevelé, mais qui manque de naturel, d'éloquence vraie et de sens commun; ceux de la tragédie contemporaine, momification du grand siècle; ceux du vaudeville, genre neutre où l'argot domine, et dont les caractères grimaçans rappellent les trétaux de la foire; enfin, dans ce moment, les abus de la religion, du philosophisme et du socialisme modernes, y sont étudiés à la loupe d'une analyse impitoyable, en attendant ceux de la prostitution, cet impôt infâme, prélevé par une fausse civilisation sur la pauvreté; ceux du paupérisme, ce chancre social dont la plaie s'élargit en raison de la mauvaise organisation du travail, question urgente, sans cesse ajournée par nos dictateurs myopes; ceux de l'enseignement national, incomplet et tronqué; ceux du commerce, ce vol légal autorisé par la concurrence; ceux de l'administration, de l'industrie et de la politique, de la politique surtout, dont les vrais principes commencent à peine à être définis, dans le vide où nous sommes de tout système d'économie sociale largement basé et bien entendu, etc.,,

On le voit, le livre des *Abus de Paris* n'est point écrit pour cette portion égoïste et inéclairée du public qui vit dans l'optimisme de toutes choses et qui se pâme dans les basses jouissances de l'argent. Il n'est pas écrit pour ces esprits blasés qui cherchent des émotions extraordinaires à travers une série de faits sanglans et imprévus : Pour ceux-là, les romans alcooliques de MM. tels et tels suffisent. L'auteur de ce livre n'invente pas les abus; il ne veut ni les dénaturer, ni les grossir, mais les mouler sur la nature vivante et appliquer le remède au mal, autant qu'il a pouvoir de le faire. Ce livre, en un mot, est écrit pour les hommes qui réfléchissent et qui pensent, pour tous ceux qui, assis sur les ruines de la vieille société, se préoccupent des assises de cette société nouvelle, ayant à demander plus tard sa place au soleil, et que l'œil du rêve n'aperçoit encore que sous l'horizon.

LE BON GÉNIE DES ENFANS,

TRAITÉ D'ÉDUCATION,

Publié sous le patronage de la Reine.

Par M. D'EPAGNY.

1 Beau volume in-8°, orné de 12 jolies lithographies et d'un grend nombre de vignettes sur bois, dans le texte.

Prix : broché. . . . . , ... 5 fr.
Cartonnage à l'anglaise. 6

LE BON GÉNIE DE LA JEUNESSE,

TRAITÉ D'ÉDUCATSON, Par M. D'ESPAGNY.

Un superbe volume in-8, illustré de 12 belles lithographies et d'un grand nombre de jolies vignettes sur bois.

Prix : broché. . . . . 6 fr.

.Pour les relidres, mêmes prix que pour le **BON GÉNIE DES ENFANS.**

Ces deux ouvrages, LE BON GÉNIE DES ENFANS ET LE BON GÉNIE DE LA JEUNESSE, destinés a répandre les plus sages principes de la vie sociale, forment un Traité complet d'Éducation; ils ont été honorés de la souscription de toutes les Bibliothèques royales, et des suffrages de plus de deux mille familles, à Paris.

Chaque volume, complet en lui-même, se vend sépvrément.

PRÉCIS

DE

L'HISTOIRE GÉNÉRALE DES ARTS,

DES SCIENCES, DE L'INDUSTRIE, DE LA CIVILI-
SATION, ET DES MOEURS DES NATIONS,

Par J. MORAND,

Auteur de l'*Histoire philosophique des Sciences*,
ET BESCHERELLE aîné, de la Bibliothèque
du Louvre.

Un beau volume format anglais compacte, orné de
12 belles Gravures.

Prix : broché. . . . . 3 fr.
Reliûre anglaise, avec une magnifique
plaque. 4 50

PAROISSIEN COMPLET,

Par M. OTTIN, Curé de Montmartre,

Un joli volume in-32, le seul qui donne les Explications de toutes les Coutumes et Cérémonies re-
ligieuses, travail important, revêtu de l'approba-
tion de Monseigneur l'Archevêque de Paris.

Reliûre ordinaire. . . . . 4 fr.
Id.   doré sur tranche. 5
Id.   en chagrin. 6
Reliures de luxe avec fermoirs et agrafes.

HISTOIRE DE MONTMARTRE,

État phisique de la Butte, ses Chroniques, son Abbaye, sa chapelle du Martyre, sa Paroisse, son Église et son Calvaire, Clignancourt.

Par D. J. F. Cheronnet, revue et publié

Par M. L'Abbé OTTIN, curé de Montmartre.
1 Volume in-12, Prix. . . . . 1 fr. 50

LES

JOLIES ACTRICES DE PARIS,
EN L'AN DE GRACE 1843.

Esquises Biographiques. Par Édouard Loydreau.
1 Joli volume in-18. Prix. . . . 1 fr. 25.

Mlle LENORMAND,

SA BIOGRAPHIE COMPLÈTE.

Seule autorisée par la famille, ses prédictions.

Son commerce avec les premières célébrités de l'Europe et de la France, depuis 89 jusqu'à nos jours.

La chiromancie et la cartomancie, avec introduction historique et philosophique sur les sciences occultes, mises en regard des sciences naturelles de l'époque. — Portrait authentique et autographe de Mlle Lenormand , autographe de l'Impératrice Joséphine, dessin de sa main gauche, explication de ses lignes et gravures sur bois.

1 Joli volume in-32 (2e édition). Prix.   1 fr.

SOUS PRESSE,

Pour prraitre le 1er mars,

TRAITÉ COMPLET DE CHIROMANCIE ET DE CARTOMANCIE.

Par un Adepte de Mlle Lenormand.

1 Joli volume orné de plus de 200 modèles de mains, et suivi d'une *réussite*, d'après les calculs astronomiques, de la science hermétique.

Pour paraître le 1er juin.

THÉATRE DES FAMILLES,

ŒUVRES COMPLÈTES.

De M. Adolphe Poujo[illisible]

2 volumes in-12.